상식을 뒤집는 Wit & Wisdom

오스카 와일드의 유머노트
상식을 뒤집는 Wit & Wisdom

지은이_ 오스카 와일드
옮긴이_ 설태수
그린이_ 설승순
펴낸이_ 조현석
펴낸곳_ 북인
디자인_ 김왕기

1판 1쇄_ 2006년 05월 20일
출판등록번호_ 313-2004-00111
주소_ 121-842 서울 마포구 서교동 467-4, 301호
전화_ 02-323-7767
팩스_ 02-323-7845
홈페이지_ www.bookin.co.kr
ISBN 89-91240-17-8 03810

책값은 뒤표지에 있습니다.
저자와 협의 아래 인지를 생략합니다.

오스카 와일드의 유머노트

상식을 뒤집는 Wit & Wisdom

설태수 옮김 | 설승순 그림

bookin

셰익스피어에 버금가는 천재

오스카 와일드Oscar Wilde, 1854~1900는 19세기 후반 영국에서 '예술을 위한 예술' 운동을 주도한 인물이었다. 그는 한때, "나의 모든 천재성을 내 인생에 쏟아부었고, 재능은 작품에 투입시켰다"라고 언급한 적이 있다. 그의 재능뿐만 아니라 천재성은, 그 재치와 총명함으로 해서, 인간 본성과 사회에 대한 예리한 관찰력에서 우러난 놀라운 표현에 잘 드러나 있다. 그러한 연유로, 와일드의 대화는 그의 희곡, 소설, 시, 평론 그리고 다른 작품들과 같은 수준에 도달해 있었다.

예의범절에 무관심한 그는, 탁월한 미적 감식력과 명석함에 힘입어 무수한 경구와 아포리즘을 도출했다. 그 빛나는 구절들은 그의 당대에서 폭넓게 인용되었으며 오늘날에도 여전히 빛을 잃지 않고 있다. 와일드의 빼어난 구절들은 영어를 사용하는 작가들에게는 아마도 셰익스피어 다음으로 많이 인용될 것이다. 이처럼 걸출한 그의 표현력은 런던과 미국 사교계를 뒤흔들기도 하였다. 그러나 시대를 너무 앞서 나간 동성애 문제로 40대 중반에 인생을 비참하게 마감한 것은 안타까운 일이 아닐 수 없다.

그렇지만 삶과 인생, 예술, 그리고 사회의 제반 현상의 본질을 꿰뚫어본 그의 출중한 통찰력은 세월이 흘러가도 변함없이 그 빛을 품고 있을 것이다.

차례

❁ 1부 | 바보들이 만든 세상에 사는 현명한 사람들

인생의 비밀이란 변화하는 감정을 잘 돌보는 데 있다.

삶이란 너무나 중요한 것이어서 늘 진지하게만 말할 대상은 아니다.

한 개인의 진정한 인생은 그가 의도하지 않는 모습으로 되는 경우가 너무 많다.
살아간다는 것은 세상에서 가장 희귀한 것이다.
대개의 사람들은 존재하는 게 전부이다.

자신의 인생에 대한 관객이 된다는 것은 삶의 고통을 회피하는 것이다.

인생은 전혀 공정하지 않다.
—어쩌면 그것이 우리들 대다수에게는 좋은 것인지도 모른다.

세상이란 바보들이 만든 것이기에, 현명한 사람들이 그 안에서 살 수밖에 없다.

되는 대로 살다가 죽는 것보다 더 쉬운 것은 없다.

사람은 적어도 몇 년간은 그럭저럭 살 수 있다.
그러고 나면 온 생애가 한꺼번에 들이닥친다.

야망이란 실패의 최후 도피처이다.

사치스런 것들은 나에게 달라.
그러면 누구든지 꼭 필요한 것들을 가질 수 있다.

인생이 지금까지 그 길을 찾을 수 없었던 것은, 그것이 어디로 가고 있었는지를 여태껏 몰랐기 때문이다.

우리는 지금 너무 읽어서 현명해질 수 없고, 너무 생각해서 아름다워질 수 없는 그런 시대에 살고 있다.

나는 실천하기를 사랑한다.
그것은 삶보다 훨씬 더 진정한 것이다.

사람은 인생의 색깔을 흡수해야 한다.
하지만 그것의 세세한 것들은 결코 기억하지 마라.
세세한 것들은 늘 그저 그런 것이기 때문이다.

신들이 우리를 벌주고 싶어 할 때 그들은 우리의 기도에 응답한다.

우리는 인생에서 기껏해야 한두 가지 정도의 대단한 경험을 할 수 있을 뿐인데, 인생의 비밀은 그런 경험을 할 수 있는 한 자주 재생산하는 데서 우러난다.

윤리 도덕은 자연계의 선택처럼, 존재를 가능하게 한다.
미학은 섹스의 선택처럼, 인생을 사랑스럽고 놀랍게 하며, 또한 삶을 새로운 모습으로 채우고 진행시키는 다양함과 변화를 부여한다.

여러 가지 불행을 사람이 견딜 수 있는 것은, 그것들이 외부에서 오는 것이고 우연히 일어난 일들이기 때문이다.
그러나 자기 자신의 잘못으로 괴로워 한다는 것은,
—아!— 인생의 바늘과 같은 것이다!

믿는다는 것은 대단히 덤덤한 일이고, 의심한다는 것은 굉장히 예민한 일이다.
있을 수 있는 위험한 일에 대비한다는 것은 살아 있는 것이고, 안전함 속으로 고요해지려는 것은 죽는 것이다.

인간과의 온갖 거래에서 운명의 여신은 결코 출납부를 덮어두지 않는다.

세상은 무대이다.
그러나 극은 순탄치 않게 펼쳐진다.

고해苦海와 같은 인생을 이끌어갈 수 있도록 내가 항상 누군가를 이해한다는 것은 괜찮은 일이다.

우리가 노력을 해봐도 이런저런 일들을 등지고는 실체에 다다를 수 없다.
그 이유는 아마도 현실의 겉모습과 동떨어진 실체는 없기 때문일 것이다.

인생의 모습에는 이해하기 힘들 정도로 앞뒤가 안 맞는 게 있다.
그런 인생의 코미디에는 괴이한 공포가 있고, 비극에는 우스꽝스런 것이 정점을 이루는 것처럼 보인다는 점이다.

나는 자주 스스로를 굉장히 놀랍게 하곤 하는데, 그런 일들은 인생을 살 만한 가치가 있게 하는 유일한 것들이기 때문이다.

나는 인생을 몰랐을 때는 글을 썼으나, 지금은 인생의 의미를 알기 때문에 쓸 게 더 이상 없다.
인생이 글로 표현될 수 없는 것은, 인생에는 오직 살아가는 것만이 있을 수 있기 때문이다.

세상은 단순하게 두 가지 부류로 나누어진다.
일반 대중들처럼 믿을 수 없을 만한 것들을 믿는 사람들과, 있을 것 같지 않은 것들을 믿는 사람들이 있다.

세상은 늘 그 자체의 비극들을 비웃어왔고, 그 점이 그런 비극들을 견딜 수 있었던 유일한 방식이 되었다.

기억은 우리 모두가 지니고 다니는 일기장이다.

불만은 인간이나 국가가 발전하는 과정의 첫째 단계이다.

우리는 각각 우리 자신의 악마이며, 이 세상을 우리의 지옥으로 만들고 있다.

파리에서는 사람들이 자신의 시간을 대부분 즐겁게 잃어버릴 수 있으나, 자신의 방식은 결코 잃어버릴 수 없다.

과거는 중요하지 않다. 현재도 중요하지 않다. 우리가 다루어야 하는 것은 미래이다.
왜냐하면 과거는 (그렇게) 되지 말았어야 하는 것이고, 현재는 (그렇게) 되지 말아야 하는 것이지만, 미래는 예술가들이 존재하는 것이기 때문이다.

사람은 죽음을 제외하곤 어떤 것보다 오래 살아남을 수 있고, 훌륭한 평판을 제외하곤 어떤 것도 씻어 없앨 수 있다.

'삶이라는 책' 은 동산의 남자와 여자로 시작해서 '계시록' 으로 끝난다.

여자는 사랑 받을 대상이지, 이해되어야 할 대상이 아니다.

여자는 —비밀이 없는 스핑크스이다.

자신의 실제 나이를 말하는 여자는 결코 믿지 말아야 한다. 그런 말을 한 여자는 어떤 것이라도 말할지 모르기 때문이다.

오늘날 대부분의 여자들이 그들의 남편이 아닌 남자들에게 처신하는 방식은 너무나 육감적이다.

울부짖는다는 것은 예쁜 여자들의 경우 파멸을 뜻하지만,
보통 여자들에게는 도피처이다.

여자들은 인생을 너무 늦게 안다.
그게 남자와 여자의 차이점이다.

나는 여자들이 매혹적인 만큼 늘 그만한 보상을 받는지 모르겠다.
오히려 여자들은 그 점 때문에 흔히 벌을 받고 있다고 나는 생각한다.

착한 여자들은 인생에 대하여 너무 한정된 안목을 갖고 있다.
그들의 시야는 좁고, 관심거리는 아주 사소하다.

그대가 졸졸 따라 다니지 않는 한 여자는 결코 사랑하지 않을 것이다,
왜냐하면 여자는 남자가 성가시게 하는 것을 좋아하기 때문이다.

여자는 세상의 누구하고도 희롱할 것이다, 다른 사람들이 계속 보고 있는 한.

평범한 여자들은 그들의 남편을 질투한다. 하지만 아름다운 여자들은 그럴 시간이 없다.
항상 다른 남편들의 질투를 받고 있다는 생각에 사로잡혀 있기 때문이다.

35세는 여자에게 아주 매력적인 나이인데, 런던 사회에는 자신들의 선택에 따라, 수년간 35세로 남아 있는 아주 높은 태생의 여자들로 가득하다.

철저히 비현실적인 일을 하는 데에는 정말로 착한 여자가 필요하다.

여자들은 공격함으로써 자신들을 방어한다.
갑작스러우면서도 이상한 항복으로 공격하는 것과 꼭 같은 식으로.

여자들은 본질적으로 장식적이다.
그들은 말할 것을 전혀 갖고 있지 않아도 매혹적으로 그것을 말한다.
여자들은 정신보다 물질의 승리를 대변한다, 마치 남자들이 도덕보다 정신의 승리를 대변하듯이.

여자들은 남자들의 결점 때문에 우리 남자들을 사랑한다.
우리가 많은 결점을 가지고 있다 해도 그들은 모든 것을 용서해 줄 것이다, 심지어 우리의 굉장한 지성까지도.

나는 여자들이 생각을 많이 하리라고는 믿지 않는다.
여자들은 적당히 생각하게 마련이다, 적당히 모든 일을 처리하듯이.

여자들은 찬미하는 것을 용서한다.
그것은 꼭 그만큼 그들이 찬미 받기를 기대하고 있기 때문이다.

어느 부인이 말하길, "우리 여자들이 많은 실패를 흔쾌히 받아들이는 것은, 그것들이 우리한테 기대고 있기 때문이지요."

그녀는 어떤 과거가 있는 여자처럼 보인다.
대개의 예쁜 여자들은 그러하다.

미국 소녀들이 그들의 부모를 감추는 데 현명하듯이, 영국 여자들은 그들의 과거를 숨기는 데 현명하다.

여자들은 미모에 감사해 하지 않는다.
그런데 착한 여자들마저 그렇게 하지 않는다.

과거의 한 가지 매력은 그것이 지나갔다는 점이다.
그러나 여자들은 그 막이 언제 내렸는지를 전혀 알지 못한다.

나는 여자들이 그 어떤 것보다, 노골적인 동물성을 좋아하는 것 같아서 걱정된다.
그들은 놀라울 정도의 원시적 본능을 갖고 있다.
우리 남자들은 그들을 해방시켰으나, 그들은 여전히 주인을 찾고 있는 노예들 같다.

모든 여자는 반역자이다.
그래서 흔히 자신에 대해서는 거칠게 반항하고 있다.

여자들은 우리 남자들을 심판하게 되어 있지 않고, 우리가 용서를 원할 때 용서하게 되어 있다.
벌주지 않고 용서하는 것이 여자들의 마음이 뜻하는 바이다.

여자들은 중요한 것들에 대한 기억이 없을 때 가장 의지할 만하다.

남자가 사랑에 빠져 있는 그 여자를 잃어버렸을 때보다 훨씬 더 안타까운 일이 있다.
그것은 그녀의 애정을 얻고 나서 그녀가 얼마나 경박한가를 알아버렸을 때이다.

여자에게 처신하는 방식은 그녀가 예쁘다면 애정 행위를 하는 것이고, 그녀가 보통이라면 다른 사람에게 그렇게 하는 것이다.

한 부인이 말하길, "여자들의 힘은 심리학으로 설명할 수 없는 사실에서 나오지요.
남자들은 분석될 수 있지만 여자들은 – 단지 찬미될 수 있는 존재이지요."

찬미를 받는다는 것은 일종의 성가신 것이다.
인간이 신들을 대하듯이 여자들은 우리 남자들을 꼭 그렇게 다룬다.
그들은 우리를 존중하며 항상 그녀 자신들을 위하여 뭔가를 해줄 것을 요구한다.

여자들의 역사는 지금까지 세상이 알고 있는 폭정의 제일 나쁜 모습이다.
강인한 자들에 대한 나약한 자들의 폭정이다.
그것은 아직도 지속되는 유일한 폭정이다.

여자는 칭찬에 마음을 풀어놓지 않지만, 남자는 늘 그렇게 풀어놓는다.
이것이 남여의 차이점이다.

여자들은 그들 생애 중 한때의 황금 같은 것을 남자에게 준다.
하지만 그들은 그것을 항상 거스름돈처럼 평생 동안 돌려받기를 원한다.

여자가 남자를 개조시킬 수 있는 유일한 방법은 그를 완전히 싫증나게 하여, 있을 법한 모든 흥미를 잃게 하는 것이다.

어느 때건 자신의 얼굴을 가리는 여자들은 아주 추하거나 대단히 아름다울 경우이다.

어떤 위트 있는 프랑스 사람이 말했듯이, 여자들은 우리에게 걸작품을 창조하게 할 욕망으로 생기를 불어넣는다. 그리고는 늘 우리를 방해하여 그 일을 수행하지 못하도록 한다.

대사의 부인이 된 그녀가 사람들의 이름을 기억하는 데는 놀라운 능력을 가졌으나, 그들의 얼굴을 잊어버리는 데에도 그러했다.

나를 사랑하는 여자한테는 신물이 나지만, 나를 미워하는 여자들은 훨씬 흥미롭다.

그녀는 아름다움을 빼고는 모든 점에서 공작새처럼 겉만 화려한 사람일 뿐이다.

여자들은 여러 가지 것들에 대해서 놀랄 만한 본능을 가지고 있다.
그들은 명백한 것들을 제외한 모든 것을 감지感知할 수 있다.

여자가 자신의 딸보다 열 살 젊어 보일 수 있는 한, 그녀는 완벽하게 만족한다.

사악한 여자들은 사람을 성가시게 하지만, 착한 여자들은 사람을 지루하게 한다.
그게 그들 사이의 차이점이다.

여자의 인생에는 어쩔 수 없는 비극이 하나 있는데, 그녀의 과거는 항상 연인인데 비하여, 미래는 남편이라는 사실이다.

한 처녀가 말하길, "사람을 싫어하는 사람은 이해할 수 있으나, 여자를 싫어하는 남자는 정말 이해할 수 없어요."

남자는 늙어가도 좀처럼 개선되지 않는다.

그 어떤 남자도 자신의 과거를 돈으로 살 수 있을 만큼 부유하진 않다.

남자의 진화는 더디고, 불공정함 또한 심하다.

어느 부인이 말하길, "70세가 넘은 남자들한테서 기쁨을 느끼는 것은, 그들이 한 생애의 헌신을 한 사람에게 베풀었기 때문이지요."

하느님이 남자를 창조할 때 자신의 능력을 다소 과대평가 했다는 생각이 종종 든다.

자신의 이성理性의 지시에 부합하여 행동했다고 하는 남자를 볼 때 그를 항상 성질 부리는 합리적인 동물로 규정하고 싶은 충동이 든다.

도덕적으로 말하는 남자는 일반적으로 위선자이고, 도덕적으로 말하는 여자는 못생긴 편이다.

부유한 총각들한테는 세금을 무겁게 부과해야 한다.
그런 남자들이 다른 사람들보다 더 행복해야 한다는 것은 불공평한 일이다.

남자들이 착한 남편일 때는 끔찍할 만큼 지겹고, 그렇지 않을 때는 역겨울 만큼 우쭐거린다.

남자가 행동할 때는 꼭두각시 인형 같고, 뭔가를 묘사할 때 그는 시인이다.

남자가 정말로 가지고 있는 것은 자신의 내면에 있는 것이다.
자신 밖에 있는 것은 중요한 것이 아니다.

한 부인은 이렇게 언급했다.
"남자란 오랜 세월 동안 합리적이면서, 불쌍하고, 서툴고, 의지하려는 사람이지요. 남자는 자신을 돌볼 수 없어요. 그것은 이미 남자의 피 속에 녹아 있기 때문이죠.
하지만 여자들의 역사는 아주 다르지요. 우리 여자들은 단순히 상식적인 것에 대하여 밉지 않게 저항해 왔어요. 우리는 처음부터 그것의 숱한 위험성을 알고 있었기 때문이죠."

나쁜 남자란 순진무구함을 숭배하는 부류의 사람이다.
나쁜 여자란 남자가 전혀 싫증내지 않는 부류의 여자이다.

아주 아름다운 여자들의 남편들은 죄가 있는 부류에 속한다.

한 부인이 말하기를, "이상적인 남자 – 그는 늘 자신이 의미하는 것보다 훨씬 많은 것을 말하고, 그가 말하는 것보다 더 많은 것을 의미하지요."

남자가 나쁜 일을 할 만큼 충분히 나이가 들었을 때, 이와 마찬가지로 옳은 일을 할 만큼의 나이도 들어야 한다.

남자는 쉽게 영향을 끼치지 못하는 아주 취약한 성품 중 하나를 가지고 있다.

남자들이 매혹적인 것을 말하기 포기할 때, 그들은 그런 것을 생각하는 것도 포기한다.

세상을 위해 뭔가를 하려고 하는 남자들은 항상 안달복달하지만, 세상이 그들에게 뭔가를 해주었을 때 그들은 즐거워한다.

남자는 불가능한 것을 믿을 수는 있으나, 있을 법하지 않은 것은 결코 믿을 수 없다.

병아리들이 부화하기 전에 그 수를 헤아리는 사람들은 대단히 현명하다.
병아리들은 너무나 이리저리 뛰어다니기에 그것들을 정확하게 세기란 불가능하기 때문이다.

사람들에 대하여 그 어떤 일에도 개의치 않는 사람은 항상 친절할 수 있다.

사람들을 좋고 나쁜 것으로 구분 짓는 것은 불합리하다.
사람들의 성향은 매력적이거나 지루한 것 둘 중 하나이다.

나는 미래를 가진 남자, 그리고 과거가 있는 여자를 좋아한다.

사람들을 많이 분석하면 할수록, 분석하고자 한 이유들이 사라진다.
그것은 조만간에 인간성이라고 하는 지독히 보편적인 것에 도달하기 때문이다.

사람들이 나에게 날씨에 대해서 말할 때마다, 사실은 다른 것을 의미하고 있다는 것을 나는 확실하게 느낀다.

일반 대중은 모든 것을 알고자 하는 끝없는 호기심을 갖고 있다.
알 만한 가치가 있는 것을 제외한 채.

인류애가 있는 사람들은 인간적인 매력의 모든 감각의식을 상실하고 있다.
그 점이 그들의 두드러진 특징이다.

대개의 남자와 여자는 그들의 소질이 맞지 않는 분야에서 마지못해 일하고 있다.

오늘날의 사람들은 거의 모든 것의 가격을 알고 있으나, 가치가 있는 것은 아무것도 모른다.

잘 양육된 사람들은 우리가 그러는 것처럼 정확히 똑같은 자리에서 머물고 있다.

확실히 나는 내 집에 오는 사람들의 반도 모른다.
내가 들은 바대로 말한다면, 알고 싶어 하지도 말아야 한다.

나는 사람들을 여러 원리보다 좋아 한다.
그리고 세상의 다른 어느 것보다 원리에 얽매이지 않은 사람을 더 좋아한다.

진정 매력 있는 사람들은 두 가지 종류만 있을 뿐이다.
정말로 모든 것을 아는 사람들과 아무것도 모르는 사람들이 바로 그렇다.

어떤 사람의 등 뒤에서 그 사람에게 거슬리는 사실들을 말하면서 돌아다니는 사람들의 요즘 행태는 정말 가공할 만하다.

어떤 의도가 있는 것을 말하고 싶은 사람들은 아침 식사
전에 그것을 자신에게 말해봐야 한다,
결코 식사 후가 아니라.

요즘에는 사람들이 미처 몰랐던 상식으로 죽기도 한다.
그리고 그때가 되어서야
자기가 전혀 후회하지 않은 것들이 자신의 실수라는 점을,
너무 늦은 시기에 알게 된다.

사랑하는 것에 불공평하지 않기란 어려운 일이다.

여자의 유머 감각만큼 로맨스를 망치는 것도 없고, 남자가 유머 감각이 없다는 것도 그렇다.

그 어떤 로맨스 중에서도 최악의 것은 사람을 아주 무미건조하게 내버려두는 것이다.

첫눈에 빠지는 사랑이 아니라, 그 절기 끝에 오는 사랑, 그것이 훨씬 더 만족스럽다.

사랑은 사람들을 성현으로 만들 수 있다.
성현들은 대부분 사랑을 받아온 사람들이다.

한 사람이 진정으로 한 여자를 사랑한다면, 세상의 다른 모든 여자들은 단연코 그 사람에게 무의미해진다.

사랑은 얼마나 어리석은 것인가! 그것은 논리의 반만큼도 쓸모가 없다.
왜냐하면 사랑이란 그 어떤 것을 증명하는 것이 아니며, 늘 한 사람에게 일어나지 않을 일들을 말해주고, 그 사람에게 진실이 아닌 것을 믿게 하기 때문이다.

자신을 사랑한다는 것은 평생에 걸친 로맨스의 시작이다.

사랑과 과식過食은 모든 것을 정당화시킨다.

로맨스는 여유 있는 사람들의 특권이지, 가난한 이들의 일은 아니다.

남자들은 항상 여자의 첫사랑이 되기를 원한다.
그것은 남자들의 어설픈 허영이다.
여자들은 한결 예민한 본능을 지니고 있는 바, 그녀들이 좋아하는 것은 한 남자의 마지막 로맨스가 되는 것이다.

당신이 좋아하는 곳은 어디이든 당신의 세상이다.
— 그러나 사랑이 더 이상 유행될 수 있는 것이 아닌 것은, 시인들이 그것을 죽여 버렸기 때문이다. 시인들이 사랑에 대하여 너무 많이 썼기에 어느 누구도 그들을 믿지 않았으며, 나는 놀라지도 않는다. 진정한 사랑은 괴로워하고, 침묵하는 것이다.

항상 사랑 속에 있어야 한다는 것은, 혼인을 하지 말아야 할 이유가 된다.

사랑을 하다가 그만둔 사람들의 감정에는 늘 뭔가 어리석은 요소가 있다.

당신 가슴에 사랑을 간직하라.
사랑이 없는 인생은 꽃들이 죽었을 때의 햇볕 없는 정원과 같다.
사랑하고 사랑 받는다는 의식에는 달리 어떻게 할 수 없는 따스함과 풍요로움이 꽃피고 있다.

남자는 한 여자를 사랑하지 않는 한 다른 어떤 여자하고도 행복할 수 있다.

사랑에 빠진다는 것은 자신을 속임으로써 시작한다.
하지만 다른 사람들을 속임으로써 끝나게 되는 것이 바로 로맨스이다.

백작 부인이 말하길, "우리 여자들은 우리의 귀로 사랑을 하지요, 남자들이 그들의 눈으로 사랑하듯이 말이에요."

젊은 남자들은 정절을 지키고 싶어 하지만 그렇지 못하고,
늙은 남자들은 정절을 무시하고 싶지만 그렇게 할 수 없다.

평생! 이라는 말은 끔찍스런 낱말이다.
나는 그 말을 들을 때 부르르 떨린다.
여자들은 그 말을 툭하면 사용한다.
여자들은 로맨스가 영원히 지속되도록 하려는 바람에 그 것을 망친다.
평생! 이라는 말은 또한 무의미하다.
변덕과 평생의 열정 간의 차이점은 변덕이 좀 더 오래 지속된다는 것이다.

남자들이, 피로하기 때문에 결혼하고, 여자들이, 호기심으로 혼인한다면 둘 다 실망하게 된다.

혼인의 한 가지 매력은 기만적인 인생을 단연코 남녀 모두에게 필요한 것이 되도록 하는 것이다.

어느 부인이 말하기를, "내 남편은 일종의 약속어음 같아요. 그래서 그를 만나는 건 이제 지겨워요."

예술가가 자신의 모델과 결혼한다는 것은 미식가가 자신의 요리사와 혼인하는 것처럼 치명적이다.
그럴 경우 예술가는 다른 자세를 취하게 할 포즈가 없게 되고, 미식가는 다른 저녁 식사가 없어지기 때문이다.

강직함과 감성적인 삶의 관계, 일률성과 지성적인 삶의 관계는— 간단히 말해서 둘 다 실패를 고백하게 된다.

로맨스의 본질은 바로 불확실성이다.
내가 결혼한다면, 그 사실을 잊도록 확실하게 노력할 것이다.

누군가에게 프러포즈하는 것은 일주일에 한 번이면 충분하다.
그렇게 할 때에는 반드시 어떤 관심을 끌 수 있는 매너가 있어야 한다.

사랑을 필요로 하는 사람은 완벽한 사람들이 아니라 불완전한 사람들이다.

— 혼인 생활이라는 것은 자식이 있어야 가족이라 할 수 있으며, 부부만으로는 좀 적막하다.

강직한 사람들은 사랑의 사소한 면만을 알고 있는데, 그것은 사랑의 비극을 아는 이들이 강직하지 않은 사람들이라는 뜻이다.

사랑이 없는 결혼보다 더 나쁜 게 하나 있다.
그런 결혼에는 사랑이 있어도 오직 일방적인 면만 있을 뿐이다.

약혼 기간이 긴 것에 나는 찬성하지 않는다.
그 기간에 사람들은 혼인 전의 상대방 성격을 서로 알게 되는데, 그 점은 내가 생각하기에 권할 만한 게 못된다.

런던에는 자신들의 남편들과 희희낙락하는 여자들의 숫자가 충격적인데, 그 모습은 정말 나쁘다.
그것은 마치 자신의 테이블 천을 공개적으로 내놓고 씻는 것과 같다.

결혼한 남자의 행복은 자신과 결혼하지 않은 사람들한테 달려 있다.

우리 남자들이 여자들과 혼인한다면 당연히 우리는 그 언짢은 시간도 감당해야 한다.

나의 견해로 볼 때, 결혼하기를 바라는 남자는 모든 것을 알든지, 아니면 아무것도 몰라야 한다는 것이다.

혼인을 위한 적절한 토대는 상호간의 오해이다.

20년간의 로맨스는 여자를 폐허로 보이게 한다.
하지만 20년간의 결혼 생활은 여자를 공공건물처럼 보이게 만든다.

혼인 생활에서 애정이란 사람들이 철저히 서로를 미워할 때 생긴다.

결혼을 그처럼 희망 없는 일방적인 제도로 만드는 것은 여자들의 도덕의식의 성숙이 그 원인이다.

영국 여자들은 혼인 직후까지 그들의 감정을 감추는데, 그 이후가 되어서야 그들의 본색을 드러낸다.

어떤 남자도 자기 부인한테서 비밀을 감추지 못하는 것은 — 그녀가 항상 그것을 알아내기 때문이다.

여자가 자신의 남편에 대해서 알아버렸을 때, 그녀는 유행에 아주 무감각해지거나, 혹은 다른 여자의 남편이 사주는 예쁜 보넷 모자를 착용한다.

결혼한 여자의 헌신獻身 같은 것은 세상에 없다.
그것에 대해서는 어떤 남자도 알지 못한다.

길들여지는 것이란, 사람을 빨리 나이 들게 하는 것이고, 더 높은 것들에서 마음을 멀어지게 하는 것이다.

여자가 재혼할 때는 예전 남편을 싫어했기 때문이고, 남자가 재혼하는 것은 예전 아내를 숭배했기 때문이다.
여자들은 새로운 행운을 시도하는 것이고, 남자들은 자신들 행운의 위험을 감수하는 것이다.

가족 사랑에 대한 여자의 능력은 굉장하다.
그녀의 볼품없고 가난한 남편이 죽었을 때, 그녀의 머릿결은 슬픔에서 대단한 금으로 바뀐다.

아무것도 알지 못하는 남편을 속이는 것에는 재미가 없다.

멋진 식사를 하고나면 누구에게나 관대해질 수 있다.

영국에서 소득이 낮은 하층 사람들에 관한 특이한 점은—
그들이 수시로 친척들을 잃고 있다는 것이다.
그 점에서는 그들이 아주 다행이다.

웃음은 친구관계에서 전혀 나쁜 출발이 아니며, 그것은 우정을 위한 최상의 마무리이다.

남자와 여자 사이에는 우정의 가능성이 없다.
둘 사이에 열정, 증오, 숭배, 사랑은 있으나 우정은 없다.

어떤 사람도 친구의 고통에는 공감할 수 있다.
하지만 친구의 성공에 공감하는 데는 정말 착한 천성이 요구된다.

아이들은 그들의 부모를 사랑함으로써 생을 시작하고, 어떤 시기가 되면 부모를 판단한다.
아주 드물긴 하지만 그들은 부모를 용서하기도 한다.

모든 여자들은 그들의 어머니를 닮아간다.
그것이 그들의 비극이다.
남자는 그렇지 않다. 그것이 남자의 세계이다.

내가 생각하기에는 관대함이 우정의 본질이다.

내가 살아갈수록 우리의 아버지들에게 충분했던 것이 우리들에게는 그렇지 않다는 점을 더욱 강하게 느끼고 있다.

친척들이 단지 성가신 사람들의 꾸러미와 같다는 생각이 들 때가 있다.

부모 중 한 분을 잃으면 어떤 불행으로 보일지 모른다.
하지만 두 분 모두를 잃으면 버려진 고아처럼 보인다.

사람은 자신의 친구들에게 끼치는 영향으로
판단될 수 있다.

나는 새 친구들에 대해서는 모든 것을 알고 싶어 한다.
하지만 오래된 친구들에 대해서는 그렇지 않다.

감히 말하건대, 만약 내가 그를 알았다면 결코 그의 친구가 되지 않았을 것이다.
친구들을 안다는 것은 대단히 위험한 일이다.

그녀에게는 좋은 특질도 없고, 납득할 만한 요소도 결여돼 있는, 런던에서 아주 좋지 않은 사람이다.
그녀에게 호감이 갈 만한 게 없지만-- 그래도 그녀는 나의 굉장한 친구들 중 한 명이다.

내 인생에서 새로운 친구를 사귀지는 않을 것이다,

비록 내가 죽은 뒤 몇몇 소수의 친구만 있다고 해도.

노인들은 모든 것을 믿고, 중년층은 모든 것을 의심쩍어하며, 젊은이들은 모든 것을 안다.

자신의 젊음을 되찾기 위해서는, 자신의 어리석은 짓들을 반복해야 한다.

노년의 비극은 그가 늙었다는 것이 아니라, 젊다는 것이다.

영혼은 늙게 태어났으나 젊어져 간다.
그것이 인생의 희극이다.
그리고 육체는 젊게 태어나서 늙어간다.
그게 인생의 비극이다.

오늘날의 젊은이들은 너무 괴이하다.
그들은 노년의 물든 머리카락에 대한 존경심이
정말로 없다.

젊음은 가질 만한 가치가 있는 것이다.

젊은이는 어떤 이유 없이도 미소를 짓는다.
그 점이 젊음의 가장 으뜸 되는 매력들 중 하나이다.

조심성이 없는 것만큼 순진무구하게 보이는 것도 없다.

절제는 불가피한 것이다.
지나친 것은 어떤 것도 성공하지 못한다.

사람들이 불성실이라고 하는 것은 그것으로 우리의 개성들을 증폭시킬 수 있는 방식이기도 하다.

— 나의 임무는, 결코 내가 원리에 따라서 하지 않는 것이다.

그가 행한 어리석은 일들에 대해서 그래도 위로를 주는 것은, 그런 일을 저지른 자신에게 칭찬해주는 것이다.

냉소주의자는 모든 것의 가격을 알지만 가치는 모르는 사람이다.

행동에서 옳고 그른 것의 아이디어에 대한 선입견이란, 지적 발달이 뭔가에 얽매여 있음을 뜻한다.

자연스럽게 있다는 것은 그렇게 유지하기가 무척 어려운 자세라는 것이다.

전혀 아무것도 하지 않는 것이 세상에서 제일 어려운 것이다.
그것은 제일 어려우면서도 가장 지성적이라는 것을 나는 말하고 싶다.

신경이 예민한 사람은, 자신이 민감하기 때문에, 다른 사람들에게 폐를 끼치는 사람이다.

의무라는 것은 다른 사람들이 기대하는 것이지, 자기 스스로 하는 것이 아니다.

창조하는 것보다 파괴하는 것이 항상 더 어렵다.
그리고 파괴해야 하는 것이 저속하고 어리석은 것일 때, 파괴하는 일에는 용기가 아니라 다만 경멸이 요구될 뿐이다.

자신의 묘비에 경구 한 구절 써넣기 위하여 가장 친한 친구를 찌르게 될는지도 모른다.

인생에서
첫째 임무는 가능한 한 인위적이어야 한다는 것이다.
둘째 임무가 무엇인지는 그 누구도 아직 발견하지 못했다.

지루하다는 것은 진지함이 요구되는 법적 성인 연령이 다가왔다는 뜻이다.

기대를 받으면서도 아직 목표에 도달하지 않았다는 것은 멋진 일이다.

조금이라도 사람은 항상 그럴 것 같지 않아야 한다.

우리 자신을 관대하다고 생각하는 것은 우리에게 이익이 될 것 같은 미덕을 지닌 이웃들을 신임하기 때문이다.

인류애라고 하는 것은, 내가 보기에, 동료 인간들을 성가시게 하고 싶은 사람들의 단순한 은신처로 되어버린 것 같다.

우리가 행복할 때는 항상 괜찮은 상태에 있다.
하지만 우리가 괜찮을 때 늘 행복한 것은 아니다.

기분이 좋다는 것은 자신과 조화 상태에 있다는 것이고, 불협화음이라는 것은 마지못해서 다른 사람들과 조화롭게 지낸다는 것이다.

누구나 다른 사람들의 일기를 지켜야 한다.

어떤 사람이 철저히 어리석은 짓을 할 때는, 언제든지 그것은 가장 고귀한 동기에서 나온다.

어정쩡한 성실은 위험한 것이며, 그것을 너무 많이 행하면 정말 치명적인 것이 된다.

훌륭한 해결책들에 관한 치명적인 것으로는 — 그것들이 항상 너무 늦게 나타난다는 것이다.

사람이 공정하게 플레이를 하는 것은 — 그가 승산이 있는 카드를 가지고 있을 때이다.

자연스럽게 있는 것은 간단한 포즈인데, 내가 알기로는 가장 성가시게 하는 포즈이다.

나는 원칙들을 좋아하지 않는다.
— 편견들이 나는 더 좋다.

내가 할 수 있는 일은 내일까지 결코 미루지 않는다.
— 그 다음날로 미룬다.

나에 대해서 잘못 이야기해줄 당신을 나는 믿는다.

다만 내가 너무 의식하고 있는 것은 오직 둔한 사람들만이 진지하게 대접받는 시대에 우리가 태어났다는 사실이며, 내가 오해받지 않겠는가 하는 두려움 속에 살고 있다는 것이다.

절제란 피할 수 없는 것이다.
충분하다는 것은 음식의 경우처럼 나쁘다.
충분한 것 이상은 어떤 잔치나 마찬가지다.

— 모든 영향이 다 나쁜 것이긴 하지만, 좋은 영향은 세상에서 제일 나쁜 것이다.

좋은 평판이란 내가 여태껏 전혀 얽매인 적이 없는 많은 귀찮은 일 중의 하나이다.

얼굴 붉히도록 언급될 만한 것이 많다,
적절한 때에 그렇게 할 수 있다면.

어떤 스캔들로는 결코 데뷔하지 않아야 한다.
노년에 관심을 불러일으킬 수 있도록 그것을 보류해두어야 한다.

모든 길이 똑같은 점에서 끝난다.
— 환멸이다.

도덕성이란 단순히 우리가 싫어하는 사람들에 대하여 우리가 택하는 태도이다.

시대를 움직이는 것은 원칙들이 아니라, 사람들의 다양한 개성이다.

냉혹하지 않고, 잔인하지 않으며, 복수심이 없고, 어리석지 않고, 인간미가 전혀 없지 않은, 한마디로 도덕심이 지배적인 사람을 나는 우연히 만난 적이 없다.
도덕적인 사람들은, 이를테면 단순한 짐승들이다.
나는 조만간에 하나의 부자연스런 덕보다는 50개의 부자연스런 악덕을 가질 것이다.

나쁜 행위를 본다는 것은 도덕적인 면에서 볼 때 안 좋다는 것이다.

경험이란 누구나 자신들의 이런저런 실수에 붙이는 이름이다.

자신만의 경험은 대부분 사악하고 한정된 범주이다.

❁ 9부 | 죄를 사면해주는 것은 고백이다

그는 단 하나의 개선할 만한 악도 가지고 있지 않다.

당신은 곧 개종자改宗者, 그리고 선교사처럼 돌아다닐 것이다.
당신이 그 동안 싫증난 모든 죄에 대비하도록 사람들에게 경종을 울리면서.

죄인이라는 소리를 듣는 것만큼 사람을 공허하게 하는 것은 없다.

죄가 아니라, 굶주림이 현대의 죄의 심각한 하나의 축이다.

죄라는 것은 그 자체가 사람의 얼굴을 가로질러 기록되어 있는 것이라서 숨겨질 수 없다.

나는 유혹을 제외하곤 어느 것에도 저항할 수 있다.

사악함이란 선한 사람들이 만들어낸 오류 같은 것으로서, 다른 사람들의 호기심어린 궁금증을 설명하고자 한 데서 나온 것이다.

굴복하는데 강한 힘과 용기를 요구하는 끔찍한 유혹들이 있다.

당신의 여러 가지 죄가 당신 밖에서 찾아진다면, 왜 괴롭겠는가!
그 죄들이 당신 안에서 찾아질 때, 그때 괴로움이 시작된다.

인생의 목적이, 만약 한 가지일 경우, 그것은 늘 유혹들을 찾게 된다.
유혹들은 별로 많지 않다.
때때로 나는 하루 종일 하나도 보지 못할 때가 있다.
그것은 상당히 끔찍스런 일이며, 미래에 대하여 사람을 상당히 불안하게 만들기도 한다.

우리가 죽여 없애려고 하는 모든 충동은 마음에서 부화하여 우리를 파멸시킨다.
— 유혹을 제거하는 유일한 방법은 그것에 굴복하는 것이다.

성현과 죄인의 차이점은, 모든 성현은 과거를 가지고 있고, 모든 죄인은 미래를 가지고 있다는 점이다.

어리석음을 제외하면 죄는 없다.

사람은 모든 사람에게 악이 있다고 믿는다,
물론, 사람들이 선한 것으로 드러날 때까지.
그러나 그렇게 하는 데에는 오늘날에도 상당한 심사가 요구된다.

의심을 품는다는 것은 믿음의 시작이다.

여러 종교가 사멸하는 것은 그것들이 사실로 입증될 때이다.
과학은 죽은 종교들의 기록인 것이다.

누군가가 진리를 말한다면, 조만간에 그는 분명히 드러나게 되어 있다.

진실은 좀처럼 순수하지 않으며 전혀 단순하지 않다.
만약 진실이 둘 중 하나였다면 현대의 생활은 너무 지겨웠을 것이다.
그리고 현대 문학은 완전히 불가능해졌을 것이다.

우리에게 죄를 사면해주는 것은 고백이지, 성직자가 아니다.

종교는 믿음용으로 유행될 수 있는 대체물이다.

기도는 결코 응답되지 말아야 한다.
만약 그렇게 되면, 기도는 끝나버리고 교류가 된다.

대부분의 종교 교육자들은 입증될 수 없는 것에 의존하여 증명이 안 되는 것을 증명하려고 숱한 시간을 허비하고 있다.

한 평생에 걸쳐 오직 그 진실만을 말하게 된 것을 갑자기 알게 된다면, 그것은 끔찍한 일이다.

❀ 10부 | 천재, 그렇다 나는 꿈꾸는 자이다

천재들이란 — 항상 그들 자신에 대하여 이야기하고 있다,
그들이 나에 관해 얘기하기를 내가 원할 때에도.

일반 대중은 놀라울 정도로 관대하다.
대중은 천재를 제외한 모든 것을 용서한다.

나는 천재들은 바라보기를 좋아하고, 아름다운 사람들한테는 귀 기울이기를 좋아한다.

당신은 내 인생이라는 굉장한 드라마를 알고 싶은가?
그것은 내 천재성을 내 인생 속으로 집어넣은 것이다.
— 오직 나의 재능만 내 작품들 속에 집어넣었다.

천재는 태어나는 것이지, 대가를 치러야 되는 것이 아니다.

나는 런던에 있는 많은 사람들의 재능이 씻는 일이라는 것을 안다.
그 점이 천재들이 좀처럼 씻지 않는 이유이며, 천재들이 단지 재능 있는 사람으로만 잘못 알려지지 않을까 하고 두려워한다는 것이다.

천재에게 당신이 할 수 있는 가장 나쁜 일은 그를 도와주는 것인데, 그런 방식은 그의 파멸의 길을 깔아주는 것이 된다.
그동안 나는 헌신적인 조력자들을 많이 보았다.
— 그리고 그 결과를 당신은 알고 있다.

선해지는 것보다는 아름다워지는 것이 더 낫다고 나는 생각한다.
그러나 다른 한편으로는 추한 것보다 선한 것이 더 좋다는 사실을 나보다 더 잘 받아들일 사람은 없는 것 같다.

여자의 멋진 외모는 센스 있는 모든 남자가 걸려들고 싶은 덫이다.

아름다운 모든 것들은 어느 시대에도 통한다.

그녀는 정말로 눈에 띄는 추한 흔적을 지니고 있다.

모든 생각이 비도덕적인 것은, 그것의 본질이 파괴적이기 때문이다.
당신이 어떤 것을 생각한다면, 그것을 죽이는 것이다.
생각되는 것보다 오래 살아남는 것은 아무것도 없다.

아이디어의 가치는 그것이 무엇이건 간에 그것을 표현하는 사람의 진지함과는 아무런 상관이 없다.

그렇다, 나는 꿈꾸는 자이다.
왜냐하면 꿈꾸는 자는 오직 달빛으로 자신의 길을 찾을 수 있는 사람이며, 그가 벌을 받는 것은 세상 사람들보다 먼저 새벽을 보기 때문이다.

일정함이란 상상력이 없는 사람들의 마지막 피난처이다.

예술의 모든 분야와 분파를 똑같이 그리고 공평하게 동경할 수 있는 사람은 오직 경매자일 뿐이다.

모든 예술은 비도덕적이다.
왜냐하면 감정을 위한 감정은 예술의 목적이며, 행동을 위한 정서는 인생의 목적이기 때문이다.

우리는 마치 예술이 자서전 형태로 취급되는 것 같은 시대에 살고 있다.

유용한 것을 숭배하지 않는 한 그것을 만드는 사람을 우리는 용서할 수 있다.
소용 없는 것을 만드는 유일한 핑계는 그것을 강렬히 동경하는 경우이다.
모든 예술에는 정말로 용도가 없다.

진정한 예술가는 절대적으로 자신을 믿는 사람인 바, 단연코 그가 자기 자신이기 때문이다.

우리의 현대 초상화가들 대부분은 망각되게 마련이다.
그들은 자신들이 보는 것을 전혀 그리지 않는다.
그들은 대중들이 보는 것을 그리는데, 대중들은 그 어떤 것도 볼 줄 모른다.

예술관은 너무 크고 너무 저속하다.
내가 거기에 갈 때마다, 끔찍한 일로서, 사람들이 너무 많아 그림들을 제대로 볼 수 없거나, 그림들이 너무 많아서 사람들을 볼 수 없다는 점인데, 이게 더 고약한 경우이다.

그것이 역설로 보일지 모르지만 – 역설들은 항상 위험한데 – 예술이 인생을 모방한다기보다는 인생이 예술을 모방한다는 것이 훨씬 더 사실이다.

예술을 배우기 위한 적합한 학교는 인생이 아니라 예술이다.

예술은 우리의 생생한 저항, 대담한 시도이다
자연에게 자연의 적합한 자리를 가르쳐주는.

저급한 예술가들은 항상 서로서로의 작품을 칭찬한다. 그런 태도를 넓은 마음이라 하고 편견에서 자유로운 것이라고도 한다.
그러나 정말 훌륭한 예술가는 그가 선택한 상황들과는 다른 어떤 상황에서도 인생이 폭로되고, 아름다움이 유행되는 것을 마음에 담을 수 없다.

예술을 드러내고 예술가를 숨기는 것이 예술의 목적이다.

그 어떤 위대한 예술가도 사물들을 있는 그대로 본 적이 없다.
만약 그렇게 했다면 그는 예술가이기를 그만뒀을 것이다.

예술을 싫어하는 데는 두 가지 길이 있다.
― 하나는 그것을 싫어하는 것이고, 다른 하나는 그것을 합리적으로 좋아하는 것이다.

휘슬러Whistler, James Abott Mcneil 1834~1903. 미국 화가. 런던에 거주함는 예술가로 남고자 미국을 떠났다.
사전트Sargent, John Singer 1856~1925. 미국 화가. 이탈리아 피렌체 출생는 예술가가 되고자 미국으로 떠났다.

예술이 정말로 거울처럼 비추는 것은 관객이지, 삶이 아니다.

예술가는 아름다운 것들을 창조하는 사람이다.

나는 일기日記 없이는 여행하지 않는다.
사람은 기차에서 읽을 만한 흥미로운 것을 가지고 있어야 한다.

믿을 만한 초상화들이란 앉아 있는 모델은 별로 의식되지 않으면서 예술가의 바로 그 역량이 드러나 있는 것들이다.

대중적 인기라는 것은 세상 사람들이 저급한 예술가에게 씌워준 월계관이라서, 인기 있는 것은 거의 저급한 것들이다.

시적 분위기의 예술가들이 상상하기를, 앉아 있는 모델을 이상화하는 방식은 다른 누군가를 생각하며 그리는 것이라고 한다.

오직 이류 정도의 것들만 진전한다.
일류 예술가는 걸작들의 반복되는 순환 속에 있기 때문에 첫 작품과 마지막 작품은 대동소이하다.

저급한 그림과 괜찮은 의도를 묘하게 혼합시킨 작가가 영국의 대표적인 예술가로 통한다.

실패해서 젊을 때 죽는 것이 예술가로 남고 싶어 하는 스코틀랜드 사람의 희망이다.

졸라Zola, Emile 1840~1902. 프랑스 작가는 그가 천재성을 얻지 않았다면, 최소한 둔해질 수 있다는 것을 보여주기로 결심했다고 한다.

스타일상의 위대한 장인들만이 눈에 띄지 않게 성공하곤 한다.

휘슬러는, 내 생각에, 그림 세계의 위대한 대가들 중 한 사람이다.
이러한 내 견해에는 휘슬러 자신도 동의할 것이라고 생각한다.

도덕적이거나 비도덕적인 책 같은 것은 없다.
책들은 내용이 좋거나 안 좋은 것이며, 그것이 전부다.

조지 무어Moore, George 1852~1933. 에이레의 시인, 작가에 관하여.
그는 그의 독자들을 야외 화장실로 인도하고서는 그들을 그 안에 가두어버리는 식이다.

소설가 헨리 제임스James, Henry 1843~1916. 영국 소설가는 마치 고통스런 의무인 것처럼 소설을 쓴다.

빅토르 휴고와 셰익스피어 사이의 작가들은 극의 모든 주제를 소진시켜버렸다.
그리하여 독창성이란 더 이상 가능하지 않다, — 심지어 죄에서 조차도.
그래서 진정한 감정들은 남아 있지 않게 되었고 — 오직 여분의 형용사들만 남아 있다.

세상 사람들이 비도덕적이라고 부르는 책들은 세상 사람들 자신의 수치를 보여주는 것들이다.

나는 문학에서의 저속한 사실주의를 혐오한다.
삽을 삽이라고 불경스럽게 부를 수 있었던 사람은 억지로라도 그것을 사용해야 한다.
그것은 그에게 딱 맞는 일이다.

페인Payn, James은 찾을 만한 가치가 없는 것을 숨기는 기술에 능한 사람이다.

내가 글을 쓰는 것은 글 쓰는 데서 있을 수 있는 가장 커다란 인위적 기쁨을 누리기 때문이다.
나의 작품이 소수의 독자를 기쁘게 한다면 그것으로 족하다.
대중에게는 인기 있는 작가가 되고 싶지 않다.
그 일은 너무 쉽기 때문이다.

— 아무런 어려움 없이 읽혀질 수 있고, 또한 그 어떤 난관도 없이 글이 써지기도 했다니!

— 시의 형식이란 어느 누구에게도 나쁜 영향을 끼칠 수 없을 것 같다, 비록 프랑스어로 번역되었다고 해도.

우리 영국에서 훌륭한 시를 계속 가질 수 있었던 것은 일반 대중들이 시를 읽지 않고, 따라서 시에 영향을 끼치지 않기 때문이다.

그들은 군더더기 말의 황무지를 통해서 우리를 삶이라고 하는 신기루로 이끈다.
— 그러나 영국소설 작품들에 대하여 너무 심각하지 말아야 하는 것은 그 작품들이 지적이지 않은 사람들의 휴식용 소일거리이기 때문이다.

디킨스Dickens, Charles 1812~1870. 영국 소설가에 대하여 :
웃지 않고 어린 넬Little Nell의 죽음을 읽기 위해서는 돌 같은 심장을 가져야만 한다.

세 권으로 된 책을 누구나 쓸 수 있다.
그렇게 하는 데에는 다만 인생과 문학에 대한 완전한 무지가 요구된다.

책을 거듭해서 읽는 것을 즐길 수 없다면, 그 책을 읽어도 아무런 소용이 없다.

우리 현대 소설가들 대부분의 목적은 좋은 소설을 쓰는 것이 아니라, 좋게 할 소설들을 쓰는 것처럼 보인다.

시인들은 출판용으로 열정이 얼마나 유용한지를 안다. 요즘 가슴이 찢어지는 듯한 슬픈 감정이, 많은 책을 찍어내는데 작용할 것이다.

잘못된 인쇄는 시인에게 치명적이다.

문학은 삶을 예측한다.
그것은 삶을 복사하지 않고, 그 목적대로 삶을 주조한다.
우리가 아는 것처럼, 19세기는 대체로 발자크Balzac, Jean Louis 1799~1850. 프랑스 문학자가 빚어낸 시대이다.

— 만약 누군가가 훌륭한 음악을 연주해도 사람들이 듣지 않는다면, 나쁜 음악을 연주해도 사람들이 뭐라고 말하지 않는다면, (오, 맙소사!)

쇼팽을 연주하고 나면, 내가 전혀 저지른 적이 없는 죄에 대하여 훌쩍거리게 되고, 내 것이 아니었던 비극에 대하여 슬퍼하는 느낌이 들었다.
음악은 항상 나에게 그러한 효과를 불러일으키는 것 같다.
음악은 우리가 몰랐던 과거를 창조하고, 눈물 이면에 숨겨진 슬픔으로 우리를 적셔준다.

음악적인 사람들은 너무나 부조리할 만큼 비이성적이다. 그들은 누군가가 귀머거리가 되기를 바라는 바로 그때에도 완벽하게 벙어리가 되기를 원한다.

나는 그 누구의 것보다도 바그너의 음악을 좋아한다. 그 음악은 소리가 너무 커서 어떤 사람이 말하는 것을 사람들이 듣지 않아도 그가 내내 말할 수 있기 때문이다.

— 예술 비평가의 첫째 임무는 모든 시대에, 모든 주제에 대하여 자신의 입을 다무는 것이다.

나는 우리 시대의 작가들과 예술가들의 어리석은 허영을 생각하면 재미있다는 생각이 든다.
그들은 비평가의 주된 기능이 그들의 이류 작품에 대하여 이러쿵저러쿵하는 것이라고 상상하는 것 같다.

그 일에 대하여 그가 적절한 심판관이라는 사실은 그 일을 그가 할 수 없기 때문이라는 것과 똑같다.

비평에는 창작의 경우보다 더 많은 계발이 무한히 요구된다.

나를 평가하는 비평가에게 나는 응답하지 않는다.
나는 훨씬 많은 시간을 갖고 있다.
그러나 언젠가는 내가 강의 형식으로 총체적인 답변을 할 것으로 생각하는데, 그 강의를 나는 "늙은이들에 대한 솔직한 이야기"라고 말할 것이다.

❀ 12부 | 어느 쪽이든 결코 편들지 말아야 한다

세상에는 이야기의 대상이 되는 것보다 더 나쁜 것이 있다, 그것은 관심의 대상이 되지 못하는 것이다.

나는 똑같은 것을 예전에도 말했을 것이다.
– 그렇지만 분명한 점은 나의 설명이 항상 다르다는 것이다.

살인은 항상 어떤 실수이다.
– 만찬을 하고 난 후에도 말할 수 없는 것은 어떤 것이라도 단연코 하지 말아야 한다.

나는 다른 사람들에 대한 스캔들은 재미있어 한다.
하지만 나에 관한 것들은 별로 마음이 끌리지 않는다.
그런 것들은 신선한 매력이 없기 때문이다.

논쟁을 통해서 자신을 확신하게 되는 사람은 철저히 비이성적인 사람이다.

나는 어떤 종류의 논쟁도 싫어한다.
그런 것들은 항상 저속하며, 종종 확신하도록 하기 때문이다.

나는 사람들이 내 등 뒤에서 나에 관해 이야기한 것을 알고 싶지 않다.
그런 말은 사람을 너무 우쭐하게 만든다.

당신이 오늘 말한 모든 것은 나에게 너무나 비도덕적인 것으로 보인다.
그것은 당신에게는 가장 흥미로웠고, 들을 만한 것이었다.

한담閑談은 흥미롭다!
— 역사는 단지 한담이다.
그러나 스캔들은 도덕적인 것에 의해서 지루해진 한담이다.

나는 나 자신을 알리고자 하는 모든 것을 하기를 좋아한다.
그렇게 하는 것은 시간을 절약하고 논쟁을 피하기 때문이다.

행동을 잘 하는 사람은 많지만 대화를 잘 하는 사람이 별로 없는 것은, 대화하는 것이 훨씬 더 어렵고, 더욱 세련된 것이기 때문이다.

나는 담벼락을 보고 말하기를 좋아한다.
그것은 세상에서 나에게 전혀 반박하지 않는 유일한 것이기 때문이다.

대화는 모든 것을 언급해야 한다,
하지만 그 무엇에도 대화를 집중시키지는 말아야 한다.

당신이 그러하듯이, 나는 그들 자신들에 대하여 얘기하는 사람들을 증오한다,
내가 그러하듯이, 자신에 관하여 말하고 싶을 때.

질문들은 신중하지 않은 적이 없다.
그러나 답변들은 때때로 신중하지 못하다.

전화기의 가치는 두 사람이 말해야 하는 내용의 가치와 같다.

어떤 것을 행하기보다는 말하기가 훨씬 더 어렵다.
실생활에서 그 점은 더욱더 명백하다.
누구나 역사를 만들 수 있다.
그러나 오직 위대한 사람만 그것을 쓸 수 있다.

그녀는 다른 사람들의 달변에는 크게 관심을 갖지 않는다.
그녀는 그것을 약간 시끄러운 것으로 생각한다.

오, 당신이 오니 너무 기쁘다.
당신한테 말하고 싶지 않은 것이 백 가지나 된다.

잘 교육받은 사람들은 다른 사람들과 의견 충돌을 일으킨다.
하지만 지혜로운 사람들은 자신들과 그렇게 한다.

오늘날 사람들이 어떤 사람에 반대하여 그 사람 뒤에서 단연코 사실인 것들을 말할 때, 그 말하는 방식이 정말 괴이하다.

나는 괜찮은 충고를 늘 지나친다.
그것은 그 점에 대처하는 유일한 방식이기 때문이다.
그런 충고는 자신에게 아무런 유용성도 없다.

당신의 사회적 지위에 대하여 우쭐하지 마라.
늙어 가면 그런 것은 잃게 될 것이다.

앨버트Albert, 본명 Alexandre Martin 1815~95. 프랑스 정치가 기념비와 교회 같은 역사적 기념물들을 파괴하려고 하지 마라.
그 무너진 돌무더기에 필히 다치게 된다.

단지 그것이 소중하다는 것 때문에, 당신이 원하지 않는 것을 사지는 마라.

바닥에서부터 시작해야 한다는 말을 들어온 젊은이에 대한 와일드Wilde의 충고는 "아니다, 꼭대기에서 시작해서 꼭대기에 앉아라" 하는 것이었다.

덕이 있는 길들 속으로 그릇되게 가지 마라.

어느 쪽에도 결코 편을 들지 말아야 한다.
편을 든다는 것은 진지함의 시작이며 이어서 그 뒤를 성실함이 곧장 따르게 되어, 인생은 지루한 것이 된다.

교육은 칭송할 만한 것이다,
하지만 때때로 기억해두면 괜찮은 것이 있다.
그것은 알 만한 가치가 있는 것은 어떤 것도 가르쳐질 수 없다는 것이다.

사람들이 나에게 동의할 때 늘 느끼게 되는 것은, 내가 분명히 잘못 되었다는 것이다.

충고에 대하여 :
사람들은 그들 자신이 필요로 하는 것을 그냥 내주길 좋아한다.
그것이 내가 말하는 바의 관대함의 깊이이다.

구석구석 잘 알려진 사람의 마음은 끔찍한 것이다.
그것은 애장품 가게와 같아서, 기이한 것들과 먼지도 있는, 모든 것이 적절한 가격보다 더 높게 책정되어 있는 그런 상점 같은 것이다.

아이들에게 아름다움을 주라.
그들이 역사라고 하는, 피투성이 학살자들과 야만스런 난투극들의 기록이나, 혹은 그들이 지리학이라고 하는, 아무도 가고 싶어 하지 않는 장소들의 위도와 경도에 대한 기록이 아닌, 아름다움을 아이들에게 베풀라.

잘 성장했다는 것은 오늘날 큰 결점이다.
그것은 한 사람을 너무 많은 것으로부터 차단시켰다는 것이다.

자신에 관한 모든 것을 알기 위해서는 다른 사람들에 대한 모든 것을 알아야 한다.

❁ 13부 | 구걸보다 쟁취하는 것이 더 멋지다

요즈음 젊은 사람들은 돈이 모든 것이라고 상상한다.
그런데 그런 사실은 그들이 더 나이가 들 때 그것을 알게 된다.

귀족사회에는 고급 두뇌들보다는 주요한 지위의 자리가 항상 더 있다.

나는 돈을 원하지 않는다.
계산을 치르는 사람들만이 돈을 원하는 것이기에, 나는 내 것을 전혀 지불하지 않는다.

인기 있는 것보다는 지속적인 수입을 가지는 것이 더 낫다.

부자들보다 돈에 대하여 더 많이 생각하는 사회의 한 계층이 있다.
그것은 가난한 사람들이다.
가난한 사람들은 돈 이외의 다른 것은 아무것도 생각할 수 없다.

내가 생각하기에 가난한 사람들의 진정한 비극이란, 그들은 오직 자기 부정만 내뱉는다는 것이다.

때때로 가난한 사람들은 검소한 것으로 칭찬 받는다.
그러나 가난한 사람들에게 검소함을 권장하는 것은 괴상망측하기도 하고 모욕적이기도 하다.
그것은 굶주리고 있는 사람한테 덜 먹으라고 충고하는 것과 같다.

구걸에 관한 한 애써 갖는 것보다 구걸하는 것이 더 안전하다,
하지만 구걸하는 것보다 쟁취하는 것이 더 멋진 일이다.

나는 오후에는 집에 없다,
갑작스런 빈곤 상태로 집에 갇혀 있게 되는 때를 제외하고는.

사회에 대해서 결코 업신여기듯이 말하지 마라.
사회에 참여할 수 없는 사람들만이 그렇게 하는 것이다.

영국인들에게는 말하는 법을, 아일랜드인에게는 듣는 법을 가르칠 수 있다면, 지금 사회는 한결 더 세련되었을 것이다.

사회는 종종 범죄자들을 용서해 주지만, 꿈꾸는 자에게는 전혀 그렇지 않다.

애국주의는 사악한 자들의 도덕이다.

신문들은 독자들의 예리함을 저하시키는 의도로 이류급 범법 사실들을 기록하고, 문맹인을 대하는 의식으로 무엇에든 아무런 관심 없는 사람들의 진부한 것들을 우리에게 제공한다.

권위주의를 행사하는 사람이 있는 곳이면 어디든지, 권위주의에 저항하는 사람이 있는 법이다!

고귀한 희망들로 한때 민주주의가 형성되었다.
그러나 이제 민주주의는 단지 사람들의, 사람들에 의한, 사람들을 위한 강제 도구가 되어버린 것을 의미한다.

멍청해 보이는 사람들만 여태 국회의사당의 의원이 되었다.
뿐만 아니라 멍청한 사람들만 그곳에서 성공하였다.

역사를 읽어가면서 알게 되는 것은--.
사람은 피할 수 없이 병들게 되는데, 그것은 사악한 사람들이 저지른 범죄에 의해서가 아니라, 훌륭한 사람들이 가해온 벌 때문이다.
그리고 사회가 끊임없이 더욱 난폭해진 것도 가끔 발생하는 범죄보다 상습적으로 벌주는 것이 원인이었다.

현대의 저널리스트들을 보게 되면, 공개적으로 어떤 사람에게 반대한 것을 사적으로는 항상 그 사람한테 양해를 구한다.

저널리즘은 읽을 만한 가치가 없고, 문학은 독자가 없다.

모든 권위는 사람들의 의욕을 아주 저하시키고 있다.
그것은 권위를 발휘하는 사람을 타락시키며, 권위에 눌리는 사람들도 타락시킨다.

현대 저널리즘은, 깨이지 못한 사람들의 의견을 우리에게 제시함으로써, 우리를 사회의 무지함과 연계되도록 하고 있다.

전쟁이 사악한 것으로 여겨지는 한, 그것은 나름대로의 매력을 갖고 있다.
전쟁이 저속한 것으로 보일 때 그것은 시들해질 것이다.

저널리즘은 가장 저속한 것들의 생존이라는 다윈의 원리에 의하여 그 자체의 존재를 정당화시킨다.

우리가 역사에 빚지고 있는 유일한 의무는 그것을 다시 쓰는 것이다.

❀ 15부 | 언어 말고 모든 것에 공통점을 지닌 영국과 미국

영국이 그 연방국가들에 유토피아를 첨가시킬 때까지는 결코 문명화되지 못할 것이다.

나는 기후 말고는 영국에서 그 어떤 것도 변화시킬 욕망이 없다.

영국인들은 포도주를 물로 바꾸는 기적 같은 힘을 가지고 있다.

영국인의 특징 있는 얼굴들 중 하나는, 한 번 봐서는 전혀 기억되지 않는다는 점이다.

미국 도착에 관하여 :
나는 대서양에 대해서는 별로 기쁘지 않다.
그것은 내가 기대했던 만큼 그렇게 장엄하지 않다.

영국으로 다시 항해할 때 :
내가 대서양을 너무 잘못 알았다.

오늘날 우리 영국은 미국과 정말 모든 것에 공통점을 지니고 있다, 물론 언어를 제외하곤.

어쨌든 내가 새로운 세기를 볼 때까지 살게 되리라고는 생각지 않는다.
– 만약 또 다른 세기가 시작되어 내가 여전히 살아있다면, 그것은 정말로 영국인들이 참을 수 있었던 그 이상이 될 것이다.

미국에서 인생은 멀리 침뱉기처럼 경쟁의 논리가 지배한다.

많은 미국 여성들은 그들의 조국을 떠날 때 상습적으로 창백한 모습의 표정을 지닌다,
그런 모습이면 유럽인의 세련된 모습 같은 인상을 줄 거라고 믿고서.

워싱턴에는 너무 많은 청동빛군복 색깔 : 역자 주 장군들이 있다.

나는 미국을 발견하기보다는 차라리 랭트리 부인Mrs. Langtry을 발견하게 될 것이다.

외모로 판단하지 않는 사람들은 경솔한 사람들뿐이다.

사람은 예술 작품이 되어야 하거나, 예술 작품을 착용해야 한다.

하나의 달걀은 항상 하나의 모험이다.
즉, 그것은 달라질 수 있다는 것이다.

그에게는 아무것도 없다.
하지만 모든 것을 가진 것처럼 보인다.
그 이상 무엇을 더 바랄 수 있겠는가?

그녀는 지난밤에 립스틱을 너무 많이 발랐고 옷은 제대로 갖춰 입지 못했다.
그런 모습은 여자로서의 절망의 표시이다.

유행은 자신이 입는 것이고, 유행이 안 되는 것은 다른 사람들이 입는 것이다.

아주 중요한 문제들에 관해서는, 성실성이 아니라 스타일이 바로 문제 해결의 핵심이다.

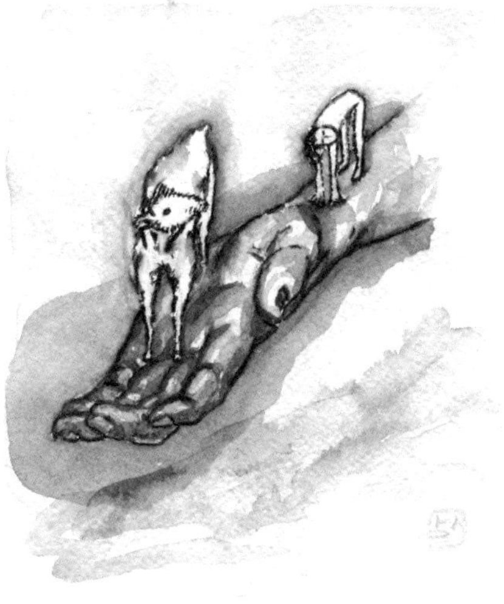

나는 어떤 중요한 사실을 알았는데 – 그것은, 충분한 양이 섭취될 경우, 알코올은 모든 혼미를 초래한다는 점이다.

내가 심한 곤경에 처해 있을 때, 나를 친하게 알고 있는 누군가가 당신에게 말해준 것처럼, 나는 음식과 마실 것을 제외한 모든 것을 거절한다.

어떤 이에게 허술한 식사, 혹은 빈약한 술을 대접한 사람이 사생활에서 나무랄 게 없다는 말을 듣게 되는 것은 정말 보잘것없는 격려이다.
심지어 대단한 덕을 지닌 사람도 소홀한 음식 대접에는 납득할 수 없다고 한다.

"오, 그는 때때로 술 마시는 공휴일을 정해놓고 있지."
– 술 좋아하는 자신의 형과 관련지어 하는 말.

우리에게는 멀리 던져버렸으면 하는 많은 것들이 있다, 만약 다른 사람들이 그것들을 집어가지 않을까 하는 걱정이 없다면.

자애심自愛心은 자기가 살고 싶은 대로 살고 있는 것이 아니며, 그것은 다른 사람들에게 자기가 원하는 대로 살아가기를 바라는 것이다.

어떤 종류든 병이라는 것은 사람들에게 바람직하지 않다.
건강을 지키는 것은 인생의 주된 의무이다.

즐거움에 대한 과도한 열정은 젊음이 얼마 안 남았다는 암시이다.

내가 단순한 즐거움을 좋아하는 것은, 그것이 복잡한 것들로부터의 마지막 도피처이기 때문이다.

장미 뿌리를 현미경 아래 놓는 것보다는 장미꽃에서 즐거움을 취하는 게 더 좋다.

일이란 한량들에게는 저주이다.

최악의 일이 끝난 데에는 늘 최상의 의욕이 함께 있다.

가면은 얼굴 이상의 것을 말해준다.

가장 안락한 의자는 내가 방문객들과 있을 때 사용하는 것이다.

사람은 건강에 관하여 유행하는 아이디어를 너무 잘 안다. 이를테면, 전력 질주해서 여우를 뒤쫓는 영국 시골 신사 – 먹을 수 없는 것을 전력으로 추구하는 일에 담겨 있는, 그런 표현이 한 예가 된다.

즐거움을 찾지 못하는 일을 한다는 것은 그 사람에게 정신적 및 도덕적으로 상처가 된다.
그리고 노동의 많은 형태가 정말 재미없는 활동이며 그렇게 생각될 수밖에 없다.

— 인간이란 안절부절못하는 몸뚱이보다 더 나은 것이 되도록 창조되었다.
즐거움이 없는 그런 종류의 모든 일은 기계로 처리되어야 한다.

아침 내내 나의 시 한 편을 다듬다가, 쉼표 하나를 삭제했다.
그런데 오후에 나는 그것을 도로 적어 넣었을 수밖에 없었다.

근면은 모든 추한 것의 뿌리이다.

세련된 여가가 인간의 목표이다.

어떤 극적 흥분에는 너무 높은 값을 지불하지 말아야 한다.

지금 영국에는 많은 젊은이들에 관한 비극적인 것이 있다. 그것은 그들이 완벽한 모습에서 인생을 출발하여 유용한 직업을 택하는 것으로 끝난다는 것이다.

세상에 동정심이 덜 있었다면 골치 아픈 일도 덜 생겼을 것이다.

다른 사람들의 비극에 대해서는 상당히 인색한 그 무엇이 있다.

나는 추한 것을 일종의 고질병으로 생각한다.
그리고 질병과 고통은 항상 나에게 역겨운 것을 불러일으킨다.
치통이 있는 사람은 이런 내 생각에 공감하게 되어 있다.
왜냐하면 그것은 끔찍한 고통이라서 반감을 불러일으키기 때문이다.
그가 지겨워하고, 지루해 하므로, 나는 그를 견딜 수 없고, 바라볼 수 없기에, 도망갈 수밖에 없다.

실외 게임을 전혀 못하게 될까봐 걱정이다.
도미노게임을 제외하고, — 나는 프랑스 카페 밖에서 때때로 도미노게임을 한 적이 있다.

나는 항상 내 자신에 대해서 생각하고 있다.
그리고 다른 사람들도 똑같이 그러기를 기대한다.
그것이 이른바 동정심이다.

무드는 지속되지 못한다.
그 점이 무드의 으뜸 매력이다.

감정을 제거하는데 세월이 요구되는 사람들은 경솔할 뿐이다.
자신을 다스리는 사람은 즐거움을 창출할 수 있을 만큼 쉽게 슬픔을 끝내버릴 수 있다.

여자의 인생은 감성의 굴곡을 따른다.
남자의 인생이 진행하는 데에는 지성知性의 방향에 달려 있다.

— 감상주의자는 주체할 수 없는 감정의 사치를 누리려는 단순한 사람이다.

사람이 방문을 할 때 그것은 상대방의 시간을 허비할 목적이지, 자신의 시간을 그렇게 하는 것은 아니다.

시간 엄수는 시간의 도둑이다.
— 나 자신은 시간을 지키지 않지만, 다른 사람들이 지키는 것은 아주 좋아한다.

영어권 최고의 재치 만점 연사

설태수 / 시인, 세명대 영문과 교수

오스카 와일드는 더블린에서 태어났다. 아버지는 외과 의사였고, 어머니는 시인이었다. 그는 열여섯 살에 더블린의 트리니티 컬리지에 입학하였는데, 학창시절 동안 두 가지 점에서 눈에 띄었다. 하나는 놀라운 기억력과 높은 성취도였다. 이러한 능력은 그리스어와 라틴어 과목에서 유감없이 발휘되었다. 다른 하나는 운동을 아주 싫어했지만 테니스는 약간 배웠다는 점이다. 훗날 상류 사회의 사교 활동으로 필요하리라는 생각에서 그랬다는 것이다.

1874년 오스카는 열아홉 나이에 성적이 우수한 사람에게 수여하는 장학금을 받고 옥스퍼드 대학의 맥덜린 칼리지에 입학했다. 고대 언어를 공부하기 위해서였다. 그가 훗날 감옥에서 쓴 회고록에 따르면 옥스퍼드 입학은 그의 인생에 두 가지 전환점 중 하나였는데, 다른 하나는 감옥 생활이었다.

옥스퍼드를 다니던 4년 동안 오스카는 멋쟁이와 기인으로 불렸다. 그는 머리를 길게 늘어뜨렸고, 새로운 유행이던 고풍스런 비단끈으로 무릎 아랫부분을 묶은 헐렁한 니커보커즈 반바지를 입고 다녔으며, 자신의 방을 해바라기와 백합 그리고 공작 깃과 오래된 도자기로 장식했다. 그래서 학우들은 그를 여성 취향적이라고 생각했다. 그는 자신을 그리스의 아폴론 신과 네로 황제, 그리고 돈키호테와 자주 비교하곤 했다. 하지만 이러한 비교가 단순한 치기에 그치지 않고, 냉소와 역설의 묘미로 어우러져 있어서 많은 사람들이 그의 말을 인용하고 모방하고 심지어는 경탄하기도 했다.

1878년 오스카는 많은 상을 받고 옥스퍼드를 졸업했다. 그의 회고록에 따르면, "지구라는 정원에서 자라는 모든 나무들의 열매를 따먹고자 했던" 곳을 떠난 것이다. 그는 런던으로 향했다. "어떤 일을 해서라도 돈을 벌기 위해서였다."

그는 미술평론가로 처음 일을 시작했다. 하지만 그가 되고 싶은 건 작가였다. 1881년 첫 시집이 나왔지만, 별로 관심을 끌지는 못했다. 그 대신 풍자적 이미지의 괴팍한 작가로서 기반을 다지는 데는 성공했다. 그때까지 번뜩이는 재치로 무장한 오스카만큼 재미있는 작가는 없었다. 또한 그는 자신을 멋지게 연출할 줄 아는 사람이기도 했다. 그 당시 살롱에서는 그의 경구를 돌려가며 읽었다. "예술과 자연을 이어주는 유일한 접합부는 잘 만들어진 단추구멍이다" 혹은 "자신에 대한 사랑은 평생 가는 로맨스의 시작이다" 등 무수한 경구들이 그의 입에서 분출되었다.

그가 뉴욕에 도착했을 때, 세관 직원이 "신고할 것이 없느냐"고 묻자, 그는 이렇게 대답했다고 한다. "나는 천재적인 재능 외에는 신고할 것이 없소." 그는 미국 관객들에게 "모든 인습과 무료함, 통속적인 사고방식을 한꺼번에 깨뜨려 버리는 영어권 최고의 재치 만점 연사"로 소개되었다.

오스카는 일인 재담가로 무대에 서서 뉴욕 관객들을 열광케 했다. 그는 판타지 의상을 입고 나왔다. 어떤 때는 연미복 저고리와 하얀 조끼로 짝을 이루기도 하고, 또 어떤 때는 웨일스풍의 주름 잡힌 옷깃에다 허리가 잘록한 속옷을 받쳐 입고 나오기도 했다. 그래도 변함없는 것은 단추구멍에 백합이나 해바라기 한 송이를 꽂는 것이었다. 이런 독특한 차림들은 "사람은 그 자체가 예술품이거나 예술작품처럼 하고 다녀야 한다"는 자신의 소신에 따른 것이었다. 그 자신은 당연히 둘 다에 해당된다고 믿었다. 도도하고 콧대 높은 그의 옥스퍼드 영어는 미국 관객들에게 때로는 찬탄을, 때로는 웃음을 자아냈다.

1884년 오스카는 여자 집의 반대를 무릅쓰고 세 살 아래의 콘스턴스 메리 로이드와 결혼했다. 그는 아내를 "청보라 빛의 눈에 갈색 머리를 가진, 진지하고 날씬한" 여인으로 묘사했는데, "새들이 울음을 멈추고 아내의 피아노 소리에 귀를 기울일 정도로" 피아노 연주 솜씨가 뛰어났다고 한다. 그리고 2년 만에 오스카는 두 아들을 차례로 얻었다.

1887년 마침내 오스카는 서른둘의 나이에 자신이 바라던 소설가로 데뷔하였다. 『캔터빌의 유령』과 『아서 새빌 경의 범죄』를 잇달아 출간한 것이다. 두 소설은 경쾌하고 활기찬 문체로 쓰였는데, 『아서 새빌 경의 범죄』는 음란한 내용을 담고 있었다. 1년 뒤에 발표된 『행복한 왕자와 여러 이야기들』은 감동적이어서 출간되자마자 큰 성공을 거두었다.

1890년 처음으로 장편소설 『도리언 그레이의 초상』을 썼다. 1891년에는 섬뜩한 느낌을 주는 드라마 「살로메」를 발표하였다. 이 두 작품은 오스카 와일드를 세계적인 작가로 만들어 주었다.

드라마 「살로메」가 영국에서 처음 상영된 것은 그가 작고한 지 5년이 지난 1905년이었다. 원래 1892년에 초연을 할 예정이었다. 그러나 잔혹한 장면과 성서의 인물이 나온다는 이유로 왕실 검열관이 상연을 금지하였다. 그래서 오스카는 이 작품을 프랑스어로 썼고, 정작 찬사를 받은 영어판은 스물한 살의 알프레드 더글러스Alfred Douglas 경이 번역하였다. 당시 옥스퍼드 대학에 다니던 더글러스 경은 퀸즈베리 후작의 아들로 문학적 야심이 강한 청년이었다.

더글러스와 열여섯 연상의 오스카는 이 드라마가 만들어진 1891년 초에 처음 만났다. 중년 작가와 유서 깊은 스코틀랜드 명문가 출신의 예쁘장하고 버릇없고 거만한 대학생 사이에 사랑이 싹트기 시작했다. 이 사랑이 4년 뒤에 오스카를 지옥과도 같은 파멸로 몰아넣었다.

오스카가 감옥에서 쓴 글에 따르면, 그는 결혼생활이 지겨웠다고 한다. 아내는 사랑스런 여인이었지만 그를 전혀 이해하지 못했다고 한다. 그가 처음으로 동성애에 빠져든 것은 둘째 아들이 태어난 직후인 1886년이었던 것으로 보인다. 그의 뜨거운 애욕의 대상은 더글러스였다.

하지만 그도 자신의 연인 더글러스를 지배하지는 못했다. 오스카는 더글러스의 낭비벽 때문에 빚더미에 앉았을 뿐 아니라 더글러스의 독촉으로 자신들의 사랑을 공개하지 않을 수 없었다. 그들은 스탠드바나 도박장, 그리고 선술집 등 공개된 장소에서 다정한 연인의 모습을 숨기지 않았다. 이리하여 마침내 법정에 서게 되었고, 2년간의 중노동형을 선고받아 리딩 감옥에 수용되었다.

그러나 오스카가 감옥에 있는 동안 조지 버나드 쇼G. B. Shaw와 허버트 조지 웰스H. G. Wells는 오스카를 '불멸의 영국인' 목록에 넣자고 제안하기도 했다. 오스카 와일드가 만기 출소하기 몇 시간 전 리딩 교도소장은 그에게 후의를 베풀었다. 밖에서 떼를 지어 기다리던 기자들 몰래 오스카를 런던으로 빼돌린 것이다.

오스카는 친구들의 도움으로 그날 저녁 바로 프랑스로 출발했다. 이렇게 해서 3년 반의 여생을 프랑스에서 보내게 되었다. 이후 그의 문학적 천재성이 다시 발휘된 것은 딱 한 번이었다. 『리딩 감옥의 노래』를 발표했을 때였다. 오스카는 힘차면서도 깃털처럼 가벼운 언어로 노래했다. 죽음을 눈앞에 둔 그는 다시 한 번 햇살을 가득 들이마신 것이다.

1900년 11월30일이었다. 한 친구가 임종을 앞둔 그에게 마지막 샴페인 잔을 권하자 그는 이렇게 말했다고 한다. "내가 살아온 과정처럼 나는 분에 넘치게 죽어가네." 그리고 그의 친구 프랭크 해리스는 오스카의 삶을 이렇게 평하였다. "그의 인생은 한 편의 그리스 비극이었고, 그 자신이 그리스 비극의 열렬한 숭배자였다."

* * *

오스카 와일드를 이처럼 비교적 소상하게 소개한 것은, 그의 문장 속에 담긴 속뜻을 이해하는 데 다소나마 도움이 되고자 한 의도에서 나온 것이다. 왜냐하면 그의 인간됨을 이해하지 않고 피상적으로 볼 경우, 상당 부분 오해할 여지가 있기 때문이다.

그의 글을 전체적으로 볼 때 일반 대중의 통속적인 관념을 깨뜨리는, 예리하면서도 거침없는 필치가 그의 문장 대부분에 펼쳐져 있다. 또 그 속에는 보석처럼 빛나는 경구들이 구석구석에 박혀 있다는 점을 어렵지 않게 발견할 수 있다. 한 마디로 재치와 지혜가 잘 녹아 있는 구절들이 많다는 것이다. 하지만 인간 속성 중 외면하고 싶은 치부에 대해서는 냉소와 풍자의 날카로운 칼끝으로 사정없이 파헤치기도 한다. 따라서 그의 글을 통하여 인간 내면의 역겨운 냄새를 맡게 되는 것도 피할 수 없는 사실이다.

그런데 인간의 몸이라는 것도 매일매일 닦고 가꾸면 신선한 기운을 간직할 수 있지만 방치해두면 고약한 냄새가 나는 것처럼, 정신세계도 이와 다를 바 없을 것이다. 즉 항상 정신이 깨어 있도록 마음을 닦고 돌보면 삶과 세계의 오묘한 이치를 볼 수 있는 새로운 안목이 생길 수 있으나, 타성에 젖고 기존의 것들을 맹신할 경우 그런 정신에서는 역겨운 냄새가 날 수밖에 없다.

오스카 와일드의 글에는 인간의 치부를 들춰내는 부분이 상당히 많은 편인데, 이 점을 부정적으로 볼 필요는 없다. 오히려 인간 내면의 이러한 속성들을 백일하에 드러내어 치료하고 소독하는 것이 정신 건강에 더욱 좋은 것이다. '쓴 약이 몸에 좋다'는 말도 이와 무관하지 않다.

그의 사생활과 관련해서는 우리 정서상 동조하기 어려운 동성애 문제가 거론될 수 있다. 오늘날 일부 유럽 국가에서는 법적으로 용인되고 있으나, 그 일로 해서 100여 년 전의 오스카는 인생의 파멸을 초래하였다. 상식적으로 납득할 수 없는 기상천외한 일들이 인간사에서 벌어지고 있는 것이 현실임을 감안한다면, 동성애 문제를 이해 못할 것도 없다. 다만 순리상 자연스럽지 않고, 윤리적 관점에서 쉽게 통용될 수 없다는 점이 그렇다는 것이다. 인간 자체가 불완전하며 모순 덩어리라는 것을 고려한다면, 앞으로도 괴이한 일들이 벌어질 확률은 더욱 높을 수밖에 없다.

그런 각도에서 볼 때, 거침없이 소신대로 행동한 오스카 와일드가 인간의 속성과 인간사의 내면을 정면으로 파헤쳐서 표현한 것은 일종의 자연스런 현상이라고 할 수 있다. 그리고 이러한 그의 글들을 읽어가다 보면, 오스카의 가슴 저 밑바닥에는 인간에 대한 애정이 뜨겁게 자리잡고 있음을 충분히 알 수 있다.

사랑의 반대는 무관심이기 때문이다. 오스카 와일드의 글을 옮기는 중, 무수히 만난 빛나는 경구들 가운데서 떠오르는 몇 구절을 약간씩 풀이하면서 이 글을 마칠까 한다.

* 인생의 비밀이란 변화하는 감정을 잘 돌보는 데 있다.

⇒ 이 말은 우리 마음의 미묘한 변화를 잘 간파해서 마음에 상처가 생기지 않도록 정신이 늘 깨어 있어야 함을 강조하는 것이다. 상대방에 대해서도 겉으로 드러난 대화의 그 속뜻을 살필 수 있는 지혜가 있어야 원만한 생활을 할 수 있다. 서로가 상대방의 입장에서 문제를 볼 수 있는 마음의 여유가 필요하다.

* 삶이란 너무나 중요한 것이어서 늘 진지하게만 말할 대상은 아니다.

⇒ 일반적으로 우리는 진지한 것이면 다 좋은 것으로 생각한다.

물론 틀린 말은 아니다. 그러나 모든 일에 여백이 없으면, 새로운 바람이 들어올 여지가 없게 될 것이고, 그렇게 되면 자신도 모르는 사이에 정신적인 질식 상태를 초래할지도 모른다. 높은 산을 오를 때 내리막길에서 잠깐 내려가는 것도, 전체적으로 보면 정상을 올라가는 과정에 포함된다.

* 살아간다는 것은 세상에서 가장 희귀한 것이다. 대개의 사람들은 존재하는 게 전부이다.

⇒ 아마도 사람을 크게 두 가지 부류로 나눈다면, 자신의 인생을 적극적이며 창조적으로 이끌어 나가는 사람과, 수동적으로 끌려가는 사람으로 구분할 수 있을 것이다. 보통 우리는 '열심히 사는 게 좋다'고 말한다. 그러나 정작 중요한 것은 어떤 가치관을 갖고 어떤 방향으로 살아가느냐는 것이다. 맹목적인 삶은 정신을 매몰시키는 독이 될 수 있기 때문이다.

* 자신의 인생에 대한 관객이 된다는 것은 삶의 고통을 회피하는 것이다.

⇒ 못을 나무에 박을 때도 90도로 박아야 견고하게 박히는 것처럼, 자신의 인생을 정면으로 부딪쳐봐야 삶의 본질에 제대로 다다를 수 있을 것이다. 때때로 측면 공격을 하는 것도 크게 보면, 정면 승부에 도전하는 것과 같다. 순간순간마다 다가오는 인생을 방관한다면,

결국 자신의 삶을 부정하는 셈이기 때문이다.

* 우리가 노력을 해봐도 이런저런 일들을 등지고는 실체에 다다를 수 없다. 그 이유는 아마도 현실의 겉모습과 동떨어진 실체는 없기 때문일 것이다.

⇒ 우리 각자는 하나의 점과 같다. 그런데 점을 지나는 선을 그을 경우, 선의 수효는 무수히 많다. 이처럼 각자의 존재는 존재하는 모든 것에 닿아 있으므로 무한한 우주가 결국 한 가족이나 마찬가지이다. 또한 언젠가는 몸이 사라져도 한 번 존재했다는 점은 불변이기에 우리 각자는 지금 이 순간에도 영원 속에 있으며 영원을 누리고 있는 것이다. 그러니 실체와 동떨어진 것은 있을 수 없다.

* 불만은 인간이나 국가가 발전하는 과정의 첫째 단계이다.

⇒ 불평불만을 나쁜 것으로만 생각하는 경향이 있지만, 사실은 그런데서 개선책이 나올 수 있다. 따라서 불평불만의 요소를 그대로 내버려두는 것이 나쁜 것이다.

* 여자들은 그들 생애 중 한때의 황금 같은 것을 남자에게 준다. 하지만 그들은 그것을 항상 거스름돈처럼 평생 동안 돌려받기를 원한다.

⇒ 창조주는 여자에게 남자를 매혹시킬 수 있는 힘을 주었고,

남자에게는 그러한 여자에게 걸려들 수 있는 힘을 부여했다는 생각이 든다. 특히 여자는 혼인 적령기 때 아름다운 독이 정점에 올랐을 때이다. 독사에게는 독이 자신을 지켜주는 힘이 되듯이, 한때의 그 아름다운 힘에 홀려서 남자는 여자를 평생토록 사랑하는 것이라 할 수 있다.

* 남자가 정말로 가지고 있는 것은 자신의 내면에 있는 것이다. 자신 밖에 있는 것은 중요한 것이 아니다.

⇒ 남자는 이성理性에, 여자는 감성感性에 치우쳐 있다는 것이 일반적인 관측이다. 그래서 남여는 자신의 부족한 면을 상대방을 통해서 보충할 수 있다. 인류 역사를 보거나, 현대에서도 어떤 분야의 명인이나 장인들, 그리고 사상가들은 대부분 남자들이다. 그것은 속성상 남자가 내면적인 이성에 치우쳐 있는 데서 그 원인을 찾을 수 있을 것이다.

* 사랑하는 것에 불공평하지 않기란 어려운 일이다.

⇒ 인간은 불완전한 존재이며 모순 덩어리이다. 그런데 어떻게 인간에게 절대 공평함을 기대할 수 있겠는가.

* 항상 사랑 속에 있어야 한다는 것은, 혼인을 하지 말아야 할 이유가 된다.

⇒ 부부가 다투는 것은 상대방이 마치 자신과 똑같을 거라는 착각 속에 있기 때문이다. 남남이 신성한 계약으로 맺어진 것을 알면서도, 그 점을 잊고 있기에 싸우는 것이다. 부부의 촌수는 무촌이다. '촌수가 없다'는 것은 완전한 남이면서, 동시에 촌수를 뛰어넘는 그런 신성한 관계임을 내포하고 있다. 지상 최대의 손님이 부부이니 서로 잘 대접하시라!

* 길들여지는 것이란, 사람을 빨리 나이 들게 하는 것이고, 더 높은 것들에서 마음을 멀어지게 하는 것이다.

⇒ 이 말에는 양면성의 깊이가 크게 자리잡고 있다. 사랑에서는 상대방을 닮아가서 그렇게 길들여질수록 좋을 수도 있지만, 한편으로는 개성의 상실과 맹종을 초래할 수도 있기 때문이다. 따라서 아무리 가까운 사이, 또는 부부라고 해도 일정한 거리가 필요하다. 그리고 진리와 아름다움을 추구하는 길에서 길들여진다는 것은 곧 자멸을 뜻한다. 따라서 위대한 인물들은 그 분야와 상관없이 자기 자신에 대하여 끊임없이 혁명을 일으키는 혁명가이다.

* 그렇다, 나는 꿈꾸는 자이다. 왜냐하면 꿈꾸는 자는 오직 달빛으로 자신의 길을 찾을 수 있는 사람이며, 그가 벌을 받는 것은 세상 사람들보다 먼저 새벽을 보기 때문이다.

⇒ 오스카 와일드가 이 시대를 살았다면 동성애 문제로 그때와

같은 파멸을 초래하지는 않았을 것이다. 우리 속담에 '모난 돌이 정 맞는다'는 식으로 뭐든지 돌출해 있거나 출중하면 다치기 쉽다. 다수의 대중들은 그들의 생각이 옳다고 맹신하기에 걸출한 인물을 쉽게 용납하지 못하는 것이다. 이런 점은 모든 분야에서 인류 역사가 그것을 입증해주고 있으며, 그래서 천재는 고독할 수밖에 없다.